KB120570

봄, 풋가지行

**시작시인선 0178** 봄, 풋가지行

**1판 1쇄 펴낸날** 2015년 3월 6일
**지은이** 성선경
**펴낸이** 채상우
**디자인** 이승희
**펴낸곳** (주)천년의시작
**등록번호** 제301-2012-033호
**등록일자** 2006년 1월 10일
**주소** 100-380 서울시 중구 동호로27길 30, 413호(묵정동, 대학문화원)
**전화** 02-723-8668
**팩스** 02-723-8630
**홈페이지** www.poempoem.com
**이메일** poemsijak@hanmail.net

ⓒ성선경, 2015, printed in Seoul, Korea

**ISBN** 978-89-6021-231-2 04810
　　　978-89-6021-069-1 04810(세트)

**값** 9,000원

*성선경 시인은 한국문화예술위원회에서 지원하는 2005년도 창작지원금을 수혜하였습니다.

# 봄, 풋가지行

성선경

천년의시작

나를 굽혀 왔던 것들에 대해 생각한다.
참담한 시간과
궁핍한 공간
질 낮은 열망
무엇에 의해 나는 이렇게 굽었나?
모든 생각들이 다 빛나는 모서리를
가지지 못한다는 것이 슬프다.
울음도 아닌 노래도 아닌
오호이 오호이
저 굽은 등허리에 얹힌 것들.

성선경

# 차례

시인의 말

**제1부**

복숭아밭에서 ──── 13

백화만발 ──── 14

슬픈 상사화 ──── 16

적막에 기대어 ──── 17

적막강산 ──── 18

바보야, 닮은 토끼야 ──── 20

기수욕기(沂水浴記) ──── 21

달개비꽃 ──── 22

가는 봄을 붙잡으며 ──── 24

낚시를 창가에 드리우니 ──── 26

마당에 암탉을 풀어놓고 ──── 28

곰취 ──── 30

다시 극락조에 대하여 ──── 32

녹양방초 ──── 34

제2부

추분(秋分) ——— 37

봄, 화단에서 ——— 38

배불뚝이 국어 시간 ——— 40

답청 ——— 41

녹음(綠陰) ——— 42

워낭 소리 ——— 44

호박벌 ——— 46

늙은 상수리나무 ——— 47

민들레 민들레 ——— 48

시인(詩人) ——— 50

하늘 북 ——— 51

그러게 ——— 52

추석 무렵 ——— 54

그림 사람 ——— 55

제3부

묵언 ──── 59

자반고등어 ──── 60

파죽(破竹) ──── 62

오후 ──── 64

오십 ──── 66

산행 ──── 68

땅강아지 ──── 70

도반 모란 ──── 72

달랑게 ──── 73

파문(波紋) ──── 74

여적(餘滴) ──── 75

해거름역 ──── 76

물끄러미 해변 ──── 78

봄, 풋가지行 ──── 80

8

**제4부**

맨드라미 ———— 85

푸조나무 아래서 ———— 86

엉겅퀴 ———— 88

머위 ———— 89

물봉선화 ———— 90

모란에게 ———— 92

튀밥 ———— 94

친절한 오독 ———— 96

자장면 ———— 98

마술사 ———— 100

얼굴 마담들 ———— 101

카세트 가수 ———— 102

새우 ———— 104

화양(花樣) ———— 105


**해설**

김익균  솔가지 물오른 풋가지로 가는 봄 ———— 106

제1부

# 복숭아밭에서

여기 복사꽃이 폈구나.
잠깐 앉았다 가자
잠시 날개를 접으면
벌, 나비만 봄이겠냐?
여기 복사꽃이 폈구나.
잠시 자리를 잡자
해는 중천에 밝았고
꽃은 거울같이 화창하니
봄빛 푸르르 오는 것이
다 청산 아니냐?
봄볕에 꽃 또한 붉으니
술 한 잔 없어도
그래 도원(桃園) 아니냐?
나비는 꽃을 찾고
꽃이 붉어 저녁을 맞으면
하늘은 별들을 불러 모아
달은 또 산을 넘겠지?
잠깐 앉았다 가자
나도 복사꽃이 폈구나.
그래서 도원 아니냐?

## 백화만발

아들이 아버지를 업고 건너는 봄이다.
텃밭의 장다리꽃이 나비를 부르면
걷지 못하는 아버지의 신발은 하얗다
중풍의 아버지를 모시고 아들은
삼월의 목욕탕을 다녀오는 길이다.
아버지는 아들의 등이 따스워 웃고
아들의 이마엔 봄 햇살이 환했다.
아들이 아버지를 업고 건너는 봄이다.
아버지의 웃음에 장다리꽃이 환하고
장다리꽃은 배추흰나비를 업고 건너는 봄이다.
중풍의 아버지를 모시고 아들은
삼월의 온천을 다녀오는 길이다.
장다리꽃이 나비를 부르는 봄이다.
나비가 장다리꽃을 찾는 봄이다.
걷지 못해도 아버지 신발은 하얗고
뛰지 못해도 아들은 신명이 나 훨훨
장다리꽃이 배추흰나비를 업고 건너는 봄이다.
배추흰나비가 장다리꽃을 안고 건너는 봄이다.
방금 장다리꽃이 빙긋이 웃고
따라서 배추흰나비가 빙긋이 웃어

장다리꽃이 배추흰나비를 업고 건너는 봄이다.
배추흰나비가 장다리꽃을 안고 건너는 봄이다.

# 슬픈 상사화

내 영혼의 슬픈 그림자를
뿌리처럼 알게 된 날이 언제였던가
꽃 핀 그날부터 나는 외롭네
내게는 눈이며 입이었던 것이
내게는 불이며 물이었던 것이
너는 어찌 늘 갓 잠 깬 새벽으로만 오고
나는 어찌 늘 늦은 저녁으로 당도하는가
내 꽃 피는 봄날이 때늦은 것 아닌데
네 잎 지운 그날이 이른 것도 아닌데
너는 어찌 강 저쪽에서 울고
나는 어찌 강 이쪽에서 우는가
내게는 잎이며 꽃이었던 것이
내게는 희망이며 눈물이었던 것이
너와 나의 두 손
영원같이 마주 잡지 못하고
우리는 서로 비켜 가는 해와 달 되어
내 안에서만 피는 꽃
내 속에서만 지는 잎
무릇 사랑이라는 거겠지
무릇 꽃이라는 거겠지.

## 적막에 기대어

이제 너를 벗하며 살아야겠네.
말 한마디 없이도 하루를 견디며
너를 이제 벗하며 살아야겠네.
저 파랑을 넘어서 여기
나는 이제 고요보다 수굿하니
이제 너를 벗하며 살아야겠네.
서산의 노을이 너를 기대어
불콰하니 잔을 권해도
말없이 잔을 받으며
이제 너를 벗하며 살아야겠네.
저 파랑을 넘어서니
세월도 다 적막하여
한마디 말없이도 하루를 견디며
노을보다도 수굿하고
고요보다도 다소곳하네.
무엇이
무엇에
무엇을
생각하지 않으며
이제 너를 벗하며 살아야겠네.

## 적막강산

걷고 걸어서 적막에 나는 당도했네.
적막은 고요보다 더 수굿하여
저 신선도 풍의 그림 속에선
석양보다 수염이 긴 노옹이 바위에
노송처럼 비스듬히 기대어 호리병을 들고
가없는 노을을 끌어당기는데
나는 걷고 걸어서 막 적막에 당도했네.
두 눈을 손차양으로
노을 저쪽의 저문 빛을 모으며
나의 등짝도 어둠 쪽으로 슬며시 기대네.
걷고 걸어서 당도한 적막이
오랫동안 과객을 받지 않은 주막같이
밝힐 듯 덮을 듯 등불을 흔들고
적막은 고요보다 더 수굿하여
말없이 어둠의 등짝에 나를 기대네.
적막은 고요보다 더 수굿하여
그림 속의 늙은이는 더 깊은 그림 속으로
어둠은 불빛을 피해 더 깊은 어둠 속으로
적막적막 걸어가 거울에 비친 얼굴같이
내가 호리병을 물끄러미 바라보면 노옹도

물끄러미 호리병을 놓을 듯 들 듯 보고
내가 두 눈을 손차양으로 빛을 모으면
가없는 늙은이는 석양보다 긴 수염을 쓸 듯
아니 쓸 듯 노을을 끌어 등짝에 기대네.
적막은 고요보다 더 수굿하여서
졸릴 듯 아니 졸릴 듯 주막같이 깜박거리고
노인의 수염은 가없는 노을을 자꾸 끌어당기는데
나는 걷고 걸어서 이 적막에 막 당도했네.
걷고 걸어서 당도한 적막은
오랫동안 과객을 받지 않은 주막같이
밝힐 듯 덮을 듯 등불을 흔들고.

## 바보야, 답은 토끼야


누가 달리기를 말하냐?
마지막 승자가 진짜 승자라고
참 웃기네.
바보야 답은 토끼야
달리다 자는 놈이 어딨어?
인생이 어디 어정거릴 시간이 어딨어!
막 달아나는 거지
눈이 빨개지도록
귀가 빠지도록
저기 잘 달아나는 놈이 토끼
누가 달리기를 말하냐?
끝까지 엉금엉금 기는 놈이 승자라고?
웃기고 있네
달리다 자는 놈이 어딨어?
인생이 그렇게 어정거릴 시간이 어딨어!
저기 막 달아나고 싶을 때 우리는
토끼라 그러지
막 달아나는 거지
눈이 빨개지도록
귀가 빠지도록.

# 기수욕기(沂水浴記)

갑남(甲男)이 욕탕을 나와
타월을 들고 머리를 털며 말했다
같은 값이면 목욕이야
체중계에서 내려와
초동(樵童)이 발을 닦으며
말을 받았다. 사람들이 참
욕탕에 들 땐 샤워부터 먼저 해야지
꼭 나오면서 해!
장삼(張三)이 캔을 따며 말했다
나는 타월을 한 번에 꼭 두 개씩 써!
이사(李四)는 선풍기 앞에서 말했다.
정말 나는 이 시간이 제일 좋아!
머리를 말리다 말고 돌아서서 말했다.
갑남과 초동과
장삼과 이사가
각자 옷장 앞에 서서 옷을 입다가
같이 함께 말했다.
우리 뭐 먹을까?
이발사가 가위를 들고 힐끗 돌아보았다.
봄이었다.

## 달개비꽃

물 긷는 여자 하나 만났네
머릿수건을 눌러쓰고 길옆으로 비켜서서
흘깃 옆눈도 아니 줄 듯
있는 듯 없는 듯 수풀에 바짝 엎드려
개울물을 손에 적시며 가만히
물만 긷는 여자
나도 아니 본 듯 눈길을 돌리네
초막골을 지나가며
저 물동이를 생각하네
나뭇짐 지고 가다
물 긷는 여자 하나 만나서
개울가에 소꿉 살림 차려 놓고
초동급부로 바짝 엎드려
혹 길가는 행인을 만나도 못 본 척
저녁나절이 되어도 굴뚝엔
연기도 피우지 않고 살았으면
물 긷는 여자 하나 만났네
있는 듯 없는 듯 수풀에 바짝 엎드려
머릿수건을 눌러쓰고 길옆으로 비켜서서
길가는 행인을 만나도 못 본 척

흘깃 옆눈도 아니 줄 듯 묵묵히
물만 긷는 여자 하나 만났네.

# 가는 봄을 붙잡으며

저 버들 꺾고 싶네
네 손모가지 부러질 게다 그래도
저 능청 휘늘어진 버들
꺾고 싶네. 가는 봄을 잡지도
못한다고 저 능수버들 휘늘어진 가지
꺾지 못하겠냐? 손모가지
비틀어진대도 저 버들
꺾고 싶네. 담장 밖
저 꽃 좀 보소. 나는 언 듯
손이 움츠러들지만 내 마음 벌써
저 꽃 꺾어 들고 희희낙락
코끝에 내음을 맡고
볼비빔을 하고, 네 이놈
네 손모가지 부러질 게다 그래도
꺾고 싶네. 가는 봄을 잡지도
못한다고 저 꽃을 보지도
못한대서야. 움츠러드는 내 손을
마음이 끌고 가
볼비빔을 하는
능수야 버들 휘늘어진 가지

담장 너머 저 환한 꽃
잡지도 못하고 봄날이 가네.

# 낚시를 창가에 드리우니

방금 물에서 건진 달을
척 하니 서편 창에다 걸어 두고
깨진 사금파리 별들을
그 곁에 흩뿌려
적막하니 구름이나 한 점
찰방찰방 건너게 할까?
창가에 낚시를 드리우니
동심원을 그리는
마음 하나
시간을 건너는 발자국 소리
저 큰 하늘을 다 비우는 적막
생각의 생각을 건너는 저 달은
자박자박 어딜 가시나?
낚시를 드리우니 나는
적막하고 구름이나 데리고
찰방찰방 물방울을 튕길까?
방금 물에서 건진 달을
척 하니 서편 창에다 걸어 두고
적막하니 구름이나 한 점
찰방찰방 건너게 할까?

창가에 낚시를 드리우니
깨진 사금파리 별
생각이 생각을 건너는 창가에
동심원을 건지는 적막의 소리
자박자박 어딜 가시나?

# 마당에 암탉을 풀어놓고

이 바람 팔러 갈까?
매화꽃 피면 매화꽃 따라
진달래 피면 진달래꽃 따라
가슴에 뭉게구름
온 산을 감싸 안고 도는 이 바람
바람이나 팔러 갈까?
국화꽃 피면 국화주가
단풍이 들면 만산홍엽에
온 산을 휘감는 이 바람
남도장이나 진해 벚꽃장
난전처럼 펴고 앉아
이 바람 사시오!
이 바람 사시오!
지나는 이마다 호객하며
이 바람 팔러 가면 어떨까?
지게 작대기만 한 기둥을 부여잡고
발정 난 강아지도 아니고
온 마당 뱅뱅 도는 이 바람
바람 사시오
바람 사시오

이 바람이나 팔러 갈까?
복사꽃 피면 복사꽃 따라
능금꽃 피면 능금꽃 따라
바람이나 팔러 갈까?

# 곰취

세상이 온통 푸른 이파리들로 넘실된다고 쳐도
이만큼 정신의 지느러미를 파랗게 일렁이게 하는 건
없다. 내 육군 상병 시절
봄날의 햇살 두어 장 거느리고 쓴 짠밥을
한번 다스려 보겠다고 뜯어 왔던 용문산
자락, 헤쳐 나온 군 시절과 남은 날들이 반반
계급장과 막된장이 뒤엉켜 아가리 찢어져라
찢어져라 우겨 넣던 푸른 날들
온 세상이 푸른 이파리들로 넘실된다고 쳐도
이만큼 마음의 손바닥을 파랗게 물들이게 하는 건
없다. 내 육군 상병 시절
쫄다구 두어 명 거느리고 봄 입맛을
한번 다스려 보겠다고 뜯어 왔던 용문산
자락, 흰 뭉게구름이 반 검은 먹구름이 반
육군 수칙과 문예창작론이 뒤엉켜 아가리
찢어져라 찢어져라 우겨 넣던 곰발바닥
내발바닥 곰발바닥 내발바닥 새파랗게
돌아나서 졌다 두 팔 올리고 돌아나서
넘실거리던 내 정신의 지느러미
세상이 온통 푸른 이파리들로 넘실된다고 쳐도

이만큼 마음의 손바닥을 파랗게 물들이게 하는 건
없다. 내 육군 상병 시절의 푸른 날.

## 다시 극락조에 대하여

새처럼 울지도 못하면서
삐 삐 삐삐삐 삐 삐삐
아침 새처럼 울지도 못하면서
어디를 간다 그럴까?
이 산 저 산 푸른 그늘에 들어
얼굴 가린 파랑새처럼 울지도 못하면서
극락이라니? 극락!
울어 울어도 청산도 못 가는데
저기 극락이라니, 극락?
새는 울어 아침을 깨우고
해를 둥둥 띄우는데
한나절을 쳐다보아도
봉사처럼 눈 가리고
벙어리같이 입을 봉하고
저기 극락이라니, 극락?
새처럼 울지도 못하면서
삐 삐 삐삐삐 삐 삐삐
저녁 새처럼 울지도 못하면서
새는 울어 석양을 불러들이고
붉은 노을 가슴 가득 풀어놓는데

저기 극락이라니, 극락?

새처럼 울지도 못하면서

얼굴 가린 파랑새처럼 울지도 못하면서.

## 녹양방초


철수와 범이와 찬이가 술을 마시는데
탁 잔을 부딪치며 범이가 말했다
―마 잊어 뿌라
―세상에 천지가 여자다
철수는 말없이 잔을 비우는데
찬이가 술을 따르며 거들었다
―별로 이뿌지도 않은데 뭐
술은 금방 한 병이 끝나고
다시 술을 시켜도
철수는 영희를 사랑하는데
사랑 타령을 하는데
―그 가스나 눈만 높아 가지고
또 범이가 거드는데
―마 잊어 뿌라
찬이가 술을 따르며 또 거드는데
철수가 잔을 탁 놓으며 말했다.

사랑은 인생인기라. 씨발 눔아.

제2부

## 추분(秋分)

친구를 찾아가기가 늦은 밤
달빛이라도 어두웠으면 좋으련만
때는 늦어도 두둥실 그립기는 더하니
바른손엔 달빛 한 근
가슴엔 시 한 편
허적허적 집을 나서는 저녁
아주 귀한 안주라도 준비한 듯
저기 보름달이 걸터앉은 가지가 휘어청
별빛에 발 찔린 산마루가 휘어청
친구를 찾아가기가 늦은 밤
읽기엔 부끄러운 시 한 편
한지에 싼 달빛 한 근 쩔렁거리는
고개를 넘어서도 아직도 달밤
문 두드릴 마음 아직 머쓱한데
내 어쩌라고 아직도 달밤

# 봄, 화단에서

며칠을 무단결석한 말썽쟁이를 데리고
봄 화단의 풀 뽑기 노력 봉사 벌을 준다
맑은 하늘의 봄볕은 이불 속같이 따뜻하고
새순을 올리는 초록들은 어린아이의
새로 돋는 이빨처럼 쟁그러운데
벌이란 이름에 이미 상심한 아이는
꽃이며 풀이며 가릴 것 없이
투덜거리며 마구 뽑아서
이리저리 팽겨 내치는데 갑자기
십 년 내 지나온 비틀걸음의 선생 길이
아득히 다시 보인다 생각해 보면
지금의 너나 지나온 내 길이 다르지 않아
뽑혀진 잡초들처럼 나도 풀이 죽는다
이리저리 나누고 편 가르며 지나온 십 년
무엇이 풀이고 또 무엇이 꽃인가
좋게 봐 가꾸면 꽃 아닌 게 없고 나쁘게 봐
뽑아 버리려 하면 풀 아닌 게 없는데
이 봄날의 화단에서 너 무엇을 읽으랴
내 채찍질하는 것인가 나는 문득
아이와 눈을 맞추곤 그만 먼 산을 본다

이 봄날의 화단에서 꽃이여
또 풀이여.

# 배불뚝이 국어 시간

아이들은 아주 개구쟁이여서
쉼 없이 재잘거리고
옆 짝지와 종알거리고
좀 조용히 하라고
꽃같이, 꽃같이 하고 말하면
똑같이, 똑같이 하고 따라 하고
아이들이 하 개구쟁이여서
쉼 없이 깔깔거리고
옆 짝지와 노닥거리고
좀 조용히 하라고
장난을 그만하라고
앞에 봐라 하면
아 배 봐라, 아 배 봐라 따라 하고
아이들은 아주 개구쟁이여서
내가 참 필요한 사람, 하고 말하면
참 피로한 사랑 따라 하고
쉼 없이 재잘거리고
옆 짝지와 종알거리고
꽃같이, 꽃같이 하라 하면
똑같이, 똑같이 따라 하고.

## 답청

내가 저 봄풀로 가네
봄풀로 가서 내가 푸르네
내가 푸르니 저 봄풀들 내게로 오네
내게로 와서 봄꿈 푸르네
아주 춘분(春分)이나 청명(淸明)으로 흔들리며
내가 네게로 가서 푸르게 봄풀이 되고
네가 내게로 와서 푸르게 봄꿈이 되고
내 발목이
네 발목이
우뚝우뚝 힘쓰는 봄
곡우(穀雨) 가랑비 촉촉이 젖으며 답청
너도 봄 푸르고 나도 봄 푸르네
내 발길 네 이마
푸르네 푸르네.

# 녹음(綠陰)


처음은 늘 그러하여서
나는 절대 알 수 없었지
그대가 내게 눈으로 던진 마음의 표창 같기도 하고
그 마음을 이미 다 알아차리고
다소곳이 고개 숙이고 그늘을 드리우는
귀 같기도 한 것이어서
뻐꾸기가 울기 전에는 절대 푸른 그늘은 알 수 없었지


어디서 저렇게 많은 귀들이 엿듣고 있었는지
그 깊은 푸른 마음을 다 알 수 없었지


내가 가볍게 아주 가볍게
실없는 농담같이 주절거린 실바람 같은 것에도
다 귀를 기울이고 적어 놓았다는 것
나는 결코 알 수 없었지
사랑이라든가 젊음이라든가 이런 것
다 처음이었고 이제 막 눈뜨기 시작한 것이어서
그 기록을 읽을 수도 없었지


어디서 저렇게 수많은 귀들이 순식간에 모여들어서

그늘 속에 뻐꾸기의 울음을 감추고 있었는지 알 수 없
었지

푸른 그늘의 기록
슬픈 녹음(錄音)이여
아주 마음 여린 귀들이여

이젠 뻐꾸기는 그만 울어라
제발 뻐꾸기는 그만 울어라.

# 워낭 소리

모든 풀꽃이 다 꽃으로 환생하는 봄이다

어디서 얻나 이 적요
봄비는 내 봄날을 다 적실 참이다

풀도 풀이고
꽃도 꽃이지만

온 등이 다 가렵고
온 겨드랑이가 다 가려워

입구멍이나 똥구멍이 다 토하는 봄이다

할 말은 하고 살자고
못 할 말이 어디 있냐고

잠든 것들이 잠들지 못한 것들에게 수군거리는 봄이다
잠들지 못한 것들이 잠든 것들에게 수군거리는 봄이다

적요가 적요를 건너는

물소리가 찰방찰방하는 참이다

진흙소가 진흙으로 환생하는
진흙 속에서 진흙소가 나오는

입구멍이 귓구멍이 되는 봄이다
귓구멍이 아가리가 되는 봄이다.

호박벌


내 마음이 꼭 저랬을 것이다
주먹을 꼭 움켜쥐고 먼 산만 바라본 것이
언제 내 손이 그대 귀에 가닿아
귓불을 만지고 있다는 상상
내 마음이 아주 저랬을 것이다
나 영영 멀리 날아가 버릴 거야
그러면서 붕 붕 붕
호박꽃 입술 가에서
호박꽃 치마 근처에서
결코 멀리 달아나지도 못하면서
멀리 날아가 버릴 듯 붕붕붕
내 속의 코흘리개 꼬마가 그랬을 거다
품 안에 푹 파묻힐 듯하면서도
쑥스러워 안기지도 못하면서
어른거리는 저놈
나 영영 멀리 날아가 버릴 거야
아주 달아나지도 못하면서 붕붕붕
품 안에 푹 파묻힐 듯 붕붕붕
쑥스러워 안기지도 못하면서 붕붕붕.

# 늙은 상수리나무

상수리 상수리 저 상수리

참 좋네 저 상수리나무

오래오래 참고 견뎌서

참을 인(忍) 자를 백 권쯤은 썼을

상수리 상수리 상수리

참 오래 살아 상수리

저렇게 아름드리 넉넉한 품과 우듬지 키우고도

톱날 도끼날을 맞지 않은 저 상수리나무

도토리 도토리 도토리 하고 주문을 외면

투두둑 투두둑 투두둑 도토리 한 주먹

다람쥐 다람쥐 다람쥐

옛다 너 먹어라 한 주먹

청설모 청설모 청설모

옛다 너 먹어라 또 한 주먹

상수리 상수리 저 상수리

참 좋네 저 상수리나무

내 너만큼만 하다면야

내 정말 너만큼만 하다면야.

## 민들레 민들레

내가 그 나이에
벌써 사랑을 알았다는 것은 오해다.
아니다 그게 사랑이다
그게 그렇게 보였다면 그 계절의 탓
그날의 날씨와 바람의 탓
구름과 햇살과 연민의 탓
내가 그때 벌써
네 눈빛을 읽을 수 있었다는 것은 오해다.
아니다 네가 그랬다 그렇게 말한다면
그것은 아직 봄날이었고
세상의 모든 씨눈들이 눈뜰 때였고
모든 꽃들이 봉우리를 맺을 때였다고
나는 아직이라는 말을 사랑하지 않지만
아직이라고 말하지 않을 수 없었다.
내 생애가 온통 봄날이라고 말하는 건 오해다.
아주 짧은 웃음 한 번을 위해
근심으로 키워 온 내 뿌리는 못 봤지?
내 몸에 속속 배인 쓴맛은 못 봤지?

바람이 향기를 실어 자주 옷깃을 건드렸지만

내 생애는 한순간에 다 지나갔었다.
내 생애를 아름답다고 말하는 건 정말 오해다.

# 시인(詩人)


쓰임에 대해 말하자면
책만큼 유용한 것도 없다
간혹 시간의 틈이 날 때면 읽기도 하지만
화장실에서
끝끝내 시원하지 않은 시간을
넉넉히 기다리게 해 주기도 하지만
뜨거운 라면 냄비를 받쳐 주기도 하고
기울어진 가구의 받침이 되어 주기도 한다
쓰임에 대해 말하자면
신문같이 유용한 것도 없다
간혹 오늘의 운세를 읽기도 하고
말도 되지 않는 연재소설을 읽기도 하지만
날씨가 더우면 부채가 되어 주기도 하고
급할 땐 휴지 대용이 되기도 한다

나는 시인
간혹 아이들의 놀이 기구가 되어 주기도 하고
아이들의 말 상대가 되어 주기도 하지만
가끔은 묻고 싶다
하느님, 내 쓰임은 어떠합니까?

# 하늘 북

　귀 막고 입 막고 손짓 발짓 몸짓으로 저기 북채 찾아봐라 손짓 발짓 몸짓으로 저기 한번 울어 봐라 너만 귀먹었냐 나도 귀먹었다 아이구 벌써 내 나이만큼 묵언 수행 중 너 같은 벙어리가 자명고라니 글쎄 둥 둥 둥 한번 울어 봐라 이 잡것아 손짓 발짓 몸짓으로 너 저기 한번 울어 봐라 그래 너만 등신이냐 나도 등신이다 아무리 손짓 발짓 몸짓 해 봐라 그러면 너만 애달프냐 나도 애달프다 저기 북채나 찾아봐라 그래 어쩌냐 나는 지금도 묵언 수행 중 어이 벙어리 북.

　멀거니
　심장만 둥 둥 둥
　북채나 한번 찾아봐라.

## 그러게

늘 일상의 개펄 밭을 기다가 누군가 갑자기 가시처럼 쿡 진리가 뭐냐고 물어 온다면 뭐가 진리지? 진리!, 나는 질리고 옆으로 기어야 할지? 앞으로 기어야 할지? 알 수 없지 그러게

낮말은 새가 듣고 밤말은 쥐가 듣는다는데 그럼 참말은 누가 듣지?

게는 옆으로 긴다는 게 정답 개펄을 퍼먹은 입으로 말하긴 그렇고 눈알만 빙글빙글 돌리며 옆으로 슬금슬금 피하다가 그러게

전후 사정없이 그러게 불문곡직 사정없이 그러게 너를 믿는다는 말도 아니고 믿지 않는다는 말도 아니고 무덤덤 무덤덤

늘 일상의 개펄 밭을 기다가 갑자기 쿡 찔러 보는 물음, 아주 아프게 꽉 물음, 엄발의, 엄발에 의한 물음, 물음, 울음, 울음, 그러게

진리는 진리, 그런데 뭐가 진리지, 아주 질리는 진리, 질리도록 듣는 진리, 햇살처럼 손바닥을 쫙 펴고 손바닥을 이리로 저리로 뒤집어 보이는 진리, 좌도 우도 아니고 그저 앞과 뒤, 여반장, 뭐가 진리지 *끄덕끄덕* 그득하게 알 수 없이 그러게.

# 추석 무렵

들판의 벼 이삭들이 칙칙 밥 익는 냄새를 풍길 때
가을, 달의 늑골 사이에도 살찌는 소리가 들립니다.
책장과 책장 사이
구와 절 사이
지난여름 내내 압핀에 꽂혀 있던
검은 귀뚜라미들도
귀향 귀향
문득 잠에서 깬 듯 웁니다.
나는 그만 단풍 같은 책장 덮고
어머니 하고 불러 봅니다.

칙칙 김을 내뿜는 압력밥솥같이 둥그런 슬픔
저 따뜻한 달.

## 그림 사람

    나는 전생에 지독히도 말 안 듣는 학동이었겠지, 여태 숙제도 안 하고 봄을 가르는 배추흰나비와 창가의 먼 구름을 당겨 와 조몰락거리거나, 아예 선생님 눈 밖에 나가 느티나무 잎사귀나 헤다가 점심시간이면 잠깐 돌아와 매미처럼 마음 마음 울기나 하고, 제 안의 슬픔을 찾아 불그스름 물들어라 물들어라 단풍나무야, 책을 덮고 누에고치처럼 제 방문을 탁 닫고 들앉았겠지, 활자개미랑 동화 속으로 들어가 뽈뽈뽈 기어 다니다가, 내가 몰랐던 나를 만나고 화들짝 놀라 한동안 불 속에 든 나방같이 달아올랐겠지, 내가 지금 분필 하나를 툭 분지르며 생각해 보면 확 눈으로 들어오는 풍경.

    이 화상아
    화상아 불러도
    정신이 돌아오지 않는데
    등신 등신
    저기 날아오는 햇살 한 줌.

제3부

# 묵언

휙 지나가는 아비라는 말에 갑자기 목이 멘다. 어부(漁父)라니? 콱 막혀 있다 울컥 올라오는 이것 문득 아비라는 말에 내 한동안 숨이 콱 막힌다. 맥놀이같이 아무것도 아닌 것이 문득 가슴을 때리는 게 삶이라서 갑자기 하늘이 하얗다. 세상의 이치야 우리가 아는 것보다 저 늙은 어부(漁夫)가 더 깊을 터. 그래서 어부(漁父)인가? 바다가 온통 하얗고 아비라는 말이 하얗다. 어부는 바다가 생업이듯 땅이 생업이었던 내 아비는 늘 농부(農夫)였는데 이제부터는 농부(農父)라고 불러야 하나.

바다도 구름도 하얀 보길도에서
한 소절 어부사(漁父詞)를 들으며
갑자기 가슴이 다 먹먹하다
달 하나가 천 개의 잔에 비치듯
한마디 말 속에 천 개의 생각이 담겨서는
앞 바다는 망망(茫茫)
뒷산은 첩첩(疊疊)

어부라는 말에
온통 세상이 하얗다.

# 자반고등어

너도 한때는 등 푸른 물고기였을 터
오대양이 다 내 텃밭으로
거들먹거리며 쫓아다녔을 터
내가 이제 와서 왜 이렇게 되었나?
굵은 막소금을 받아들이기 어려웠을 터

펄펄 눈처럼 흩어지는 천일염 아래

쓰림과 분노가 함께 들끓던 그 시간이
마지막 석양을 보는 눈처럼 아렸을 터
살과 뼈가 환골탈태하는 고통이 있었을 터
그리고, 그리고서
바다의 문신을 온몸에 새기고는
스스로 바다가 되어 갔을 터

이제는
석쇠에 오를 시간
마음을 턱 내려놓자
어디서 텅 하고 종이 울렸을 터

어이!

하고 손 내미는 나를 만났을 터.

파죽(破竹)


어떤 것들은
깨어져야 더 빛나는 게 있다.
저 빛나는 사금파리같이
부서지고 깨어져서야
존재의 눈을 뜨는 게 있다.

저 푸른 절개같이 뒷짐을 지고
나 몰라라 뒤란에서 서성거리는 죽림(竹林)도
깨어지고 부서져서야 빛난다.

잎잎이 빛나던 가지를 꺾어 버리고서야
안빈낙도의 낚싯대도 되고
이제 내 미래는 모두 저당 잡히겠다고 목을 쳐야만
뜨거운 항거의 죽창이 된다.

보라, 내가 더운 여름 대자리에 누워
죽부인을 껴안고 부채를 살랑일 때
저기 서늘히 불어오는 속삭임
낱낱이 부서지고 쪼개져서야
한 톨의 씨앗을 담는 다래끼라도 안 될런가?

어떤 것들처럼 부서지고 쪼개져서야
제 빛을 발하는 게 있다면
쪼개고 꺾어 다오 이제
나도
저 대나무처럼.

## 오후

기어코 그는 왔다
그는 커다란 배를 안고 왔다
배가 크다는 것은 배포가 크다는 말과 다르다
커다란 배는 커다란 배포와는 거리가 있지만
지구가 얼마나 넓게 출렁거리는지 알게 한다
깎아 먹을 수도 없는 둥근 배
얼마나 많은 울음을 참아 왔으면
저렇게 큰 배를 키울 수 있을까
그 배 속에는 울음의 씨앗들이
올챙이처럼 가득 찼을 것이다
악수를 나누고 자리를
잡고 앉아 안부를 묻는 동안
그 큰 배는 더욱 부풀어 올라
안부를 묻지 않아도 이미
울음소리들이 넘쳐흘러 왔다
올챙이처럼 바글거리는 울음
만국기처럼 줄줄이 달려 나오는 울음
오십 년을 줄곧 펄럭이며 기다린 울음
그는 큰 배포보다 슬픈 배를 안고 왔다
커다란 울음통을 안고 왔다

그는 기어코 왔다

울음통이 되어 왔다

# 오십

나이를 먹는다는 것은 둥글어진다는 것
늙음이 넓음으로 이어지지 않아도
온몸을 둥글게 둥글게  만다는 뜻
햇살이 잘 닦은 숟가락같이 빛나는 정오는
이제 절반을 지났다는 뜻도 되지만
아직 절반이 남았다는 말도 되지
나는 방금 전 오전이었고
나는 지금 금방 오후에 닿았지
어제의 꽃은 씨방을 키우는 중이고
어제의 나무는 막 붉게 물드는 중이지
천명(天命)을 안다는 지천명
아주 둥글어진 해
늙는다는 것은 둥글어진다는 뜻
오후가 나의 넉넉함과 이어지지 않아도
온몸을 둥글게 둥글게 만다는 뜻
햇살이 기울어 그림자가 동쪽으로 서는 시간
이제 절반을 지났다는 뜻도 되지만
아직 절반이 남았다는 말도 되지
씨방 속에 또 싹이 나고
단풍 속에 물관이 선명하지

나는 방금 전 오전이었고
나는 지금 금방 오후에 닿았지

# 산행

천천히 천천히 오르기를 당부하면서
내가 그대보다 앞서는 것은
내 먼저 가며 길 이끄는 것은
혹여 당신의 앞길에
부러진 나뭇가지나 돌멩이들이
그대 발길을 어지럽힐까 염려 때문이지요
천천히 천천히 오르기를 당부하면서
내가 그대 앞서 걷는 것은
혹여 그대가 잦은 갈림길에서
이러지도 못하고 저러지도 못하고
망설임에 가슴 아플까 해서지요
혹여 그대가 다른 길을 택해도
내 가만 있는 까닭은
우리 저기 쭉 오르다 보면 결국
정상에서 만날 것이라 생각하기 때문이지요
산을 오르는 일이 뭐 다를 게 있겠어요
사는 일이 다 그렇듯
내가 가지 못한 길로 가더라도
내가 가고 있는 길과 다르지 않기 때문이지요

그대 내가 앞서 간다고
천천히 천천히 말을 하면서
내가 그대 앞서 간다고
뭐 그리 섭섭해하지 마시길
우리 결국은 정상에 서서 함께 야호 하며
아래를 굽어볼 것인데 하는 생각에서지요.

# 땅강아지

그는 젊은 지하인(地下人)이다. 지하인도 가끔 지상 나들이를 한다. 그는 하루 종일 햇볕을 못 봐도 검다. 검은 것은 햇볕과 관계가 없다는 사실을 지하인이 가르쳐 준다.

그는 아주 힘이 세다. 그가 가는 방향에는 모두 길을 비켜 준다. 가끔 하루 종일 고함을 칠 때도 있다. 아무도 그가 왜 고함을 치는지를 모르지만 말리려 드는 사람도 없다. 지하인이 힘이 세다는 것을 그가 가르쳐 준다.

그는 가끔 자신이 사마귀인 줄 안다. 사거리에서 떡하니 차 앞을 가로막기도 한다. 그러나 어떤 차도 지하인을 얕볼 수 없다. 슬금슬금 뒷걸음치거나 아주 깜짝 놀라서 멈춰 선다.

사흘이나 닷새에 한 번
슈퍼를 다녀가는 운동화 한 켤레
담배 두 갑을 한꺼번에 사면서
일회용 라이터를 덤으로 달라는
아무도
알 수 없는

아무것도

알 수 없는

그.

# 도반 모란

　모란은 내 속에 있고 모란 속에 내가 있다. 아무리 먼 길을 떠나도 모란은 내 속에 있고 모란 속에 내가 있다. 이제는 보이지 않을 것이라 생각하는 그리움의 모퉁이를 돌아 나와도 모란은 내 속에 있고 모란 속에 내가 있다. 저기 이제는 아주 지난가을처럼 잊혀졌다고, 지난가을의 단풍처럼 잊혀졌다고, 아주 낙엽처럼 떨어져 바람결에 날아갔다고 가슴을 치는 이여 거울을 보듯 가만히 제 속을 들여다보라. 지난가을에 읽다 만 책갈피 속의 밑줄처럼 다시 만나는 모란.

　오래된 시집을 책장에서 꺼내
　거풍을 시키듯 넘겨봅니다
　나는 그때 어떤 마음으로 흔들렸는지
　한참을 생각나지 않아 멀뚱거릴 때
　빤히 나를 쳐다보는 모란
　밑줄이 쳐진 시 한 줄

# 달랑게

어머니는 늘 바빴다. 봄날처럼 바빴다. 밭으로 논으로 종
종거리며 할미꽃이 될 때까지 흙을 파고 계셨다. 하늘 한번
쳐다볼 틈이 없이 늘 진흙 바닥에 코를 박고 있었다.

어머니는 늘 수건을 쓰고 있었다. 투구처럼 쓰고 있었다.
한 번도 맨 이마를 내보인 적 없이 늘 수건으로 가리고 있었
다. 수건이 하늘이었다.

봄날은 소리 없이 훌쩍 가는데 꽃은 벌써 다 지고 말았는
데 죽어라고 진흙 바닥에 코를 박고 있었다. 밀물이 들어도
썰물이 들어도 진흙 바닥에 코를 박고 있었다.

꽃이 펴도 봄날
꽃이 져도 봄날
꼬질꼬질한 몸빼 바지 하나
갯바닥을 건너가고 있었다.

## 파문(波紋)


마음이 어지러워 오락가락하는 나에게 가슴 따신 후배가
가덕 동백 보러 가잔다. 동백은 한바탕 춤사위 끝에 제 목을
따 휙 던지는 자태 절정이다. 마음 한 자락이 일렁거린다.
나도 뭐 하나쯤 버려야겠다. 파문(波紋). 주름진다.

칠 년의 어지럼증 끝에 날개가 났다고 참매미 한소리 한
다. 고수(鼓手)도 없이 서늘한 그늘 한 자락 펼쳐 보인다. 뒤
도 돌아보지 않는 폭포같이 절창이다. 어지럼증 칠 년 나
는 아직도 날개가 돋지 않는다. 마음 한 자락이 밀린다. 파
문. 주름진다.

하늘이 어지럽다.
갑자기 먹구름.
한낮의 소나기 뜀박질도 잘한다.
벌써 여기까지 왔다.
절륜(絕倫)하다.

일렁이며 버리지 못한 이것들
파문. 주름진다.

# 여적(餘滴)

나는 한 사람의 생애보다 그의 글 한 줄에 졌다.

녹우당(綠雨堂)을 휘 둘러 나오며 그 꽉 짜인 고택의 지붕
보다 그 앞의 은행나무에 졌다. 그 은행나무의 나이보다 떨
어진 은행들에. 그 은행알 앞의 팻말에 졌다. 삼개옥문적선
지가(三開獄門積善之家)라니? 우두두두 떨어지는 빗방울 소리.
갑자기 녹우당 기왓장들이 열병하는 군사같이 늠름하다.

마음이여
휙 하고 지나간 마음이여
먹물도 묻히지 않고 지나간 화선지에
더 큰 자취를 만드는 마음이여

나는 한 사람의 생애보다 그의 글 한 줄에 졌다. 고택을
나와 스무 남은 걸음 뒤에 닿은 담담한 연화지(蓮花池)보담
빙긋이 꽃을 피운 연꽃보담 그 연잎에 맺힌 물방울에 그 물
방울에 맺힌 구름 한 점에 나는 졌다.

# 해거름역

이젠 다 왔다고 얼굴 붉은 가방들이나 여행에 지친 개미
들이 어디로 갈까 어슬렁거리다 그만 늙은 이불이 기다리는
내 좁은 둥지로 들어갈까 주머니 속 열쇠 꾸러미를 만지작
거리는 가장 오래된 역

바람도 없는데 설렁설렁하던 헛바람의 가슴들이 썰물처럼
빠져나가고

내가 방금 지나온 역들을 하나하나 되짚으며 현이 철이
정이 숙이 또 이름도 기억나지 않는 그들에게 땀 냄새 큼큼
한 구둣발로 안부를 전하며 하루가 침목(枕木)처럼 착 가라
앉는 광장

누가 뭐라 해도 갈 사람 가고 올 사람 오는데 붉은 기적
소리 한 번에 안도와 아쉬움이 안개같이 슬금슬금 다가와
정적처럼 멈춘 역

누구는 손수건을 꺼내 입술을 훔치고
누구는 오지 않는 전화를 기다리는 듯 휴대폰을 꺼내 만
지작거리며

바쁜 일손을 멈추고 밀레의 만종처럼 두 손을 모아 내 생애의 처음이자 마지막인 오늘 하루에 대해 미루나무처럼 기도하는 그림이 되는 저 역

붉은 기적의 막차가 들어오면
내릴 사람도 떠날 사람도 숙연해져서
넥타이를 느슨히 풀었다 다시 조우며
아 참 다음 역은 적막이지
반짝 정신이 돌아오는 저기 저 해거름역.

## 물끄러미 해변

    가지를 슬쩍 흔드는 바람은 꼭 나뭇가지에게 할 말이 있어서가 아니지 잎사귀를 툭 치고 지나가는 것은 바람에게 꼭 무슨 뜻이 있어서가 아니지

    물을 말도 없이 그냥 모른 척 아니 아닌 척 가만히 물끄러미 한 게지

    그곳에 가면 해변 가득 물끄러미만 살아 물끄러미 바라보는 앞으로 섬 두엇 물끄러미 정박한 고깃배 서넛 물끄러미 미더덕을 파는 아줌마 하나 물끄러미

    긴 참회 끝에 기도가 끝난 머리들이 고개를 들 듯

    뒤편 산을 따라 올라가며 집이 대여섯 물끄러미 소나무 네댓 그루 물끄러미 대숲에서 새 몇 마리 포로롱 포롱 가을 하늘이 물끄러미

    밤밭고개를 지나 장지연로를 지나 오른편으로 꺾어 땀 흘리는 참숯가마를 왼편에 두고 골프 연습장을 지나 다시 오른편 왼편 다시 오른편 다시

만나러 간다 물끄러미
가끔 허파가 근질근질하면
눈이 어질어질하면
나도 물끄러미
저도 물끄러미

찾아가 할 말도 없이 물끄러미
물을 말도 없이 물끄러미.

# 봄, 풋가지行

　도야를 지나 우천, 우천을 지나 중대, 중대를 지나 칠월,
칠월 지나 계팔, 계팔을 지나 미실, 미실을 지나 풋가지, 솔
가지 물오른 풋가지 간다.

　외로 굽어도 한 골짝, 우로 굽어도 한 골짝, 눈썹 고운 여
자를 데리고 첩첩산중.

　여기도 한세상 숨어 있고, 저기도 한세상 숨어 있고, 고
사리 순이나 꺾으며 한세상 숨어 있고, 넌출넌출 실배암 기
어가듯 칡넝쿨 자라는 소나무 아래 장기판이나 놓고 여기도
한세상 저기도 한세상.

　여기 장 받아라 초나라가 이겨도 한나절 한나라가 이겨도
한나절.

　눈썹 고운 여자랑 때늦은 점심상에 상추쌈이나 한입 불쑥
불쑥 움켜 넣으며 한세상 살았으면,

　도야를 지나 우천, 우천을 지나 중대, 중대를 지나 칠월,
칠월 지나 계팔, 계팔을 지나 미실, 미실을 지나 풋가지, 솔

가지 물오른 풋가지 간다.

　여기도 한 첩(妾)
　저기도 한 첩(妾)
　첩첩산중(妾妾山中) 풋가지 간다
　솔잎같이 짙은 고운 눈썹 만나러 봄날 풋가지 간다.

제4부

# 맨드라미

맨드라미 맨드라미
간혹은 맨 얼굴로 만나려고 한다네
맨드라미 수식의 화장을 지우고
습관적인 속눈썹을 붙이지 않은
맨 얼굴로 만나려 한다네
맨드라미 맨드라미
가끔은 맨발로 걸으려고 한다네
멀리서 걸어온 샌들을 이제 벗어 버리고
대지의 감각을 밑바닥으로부터 느끼며
오늘 맨발로 걸으려 한다네
맨드라미 맨드라미
개울가에 앉았을 때처럼
발가락을 물끄러미 쳐다보면서
모래알과 송사리 떼와 조약돌과
맨드라미 맨드라미
너와 나 우리
맨드라미 맨드라미

빤히 쳐다보면서
맨드라미 맨드라미.

## 푸조나무 아래서


형이 내게 물었다
너는 다음에 뭐가 되고 싶니?
나는 형에게 되물었다
형은?
형은 푸조나무 그늘 아래
고개를 숙이고 천천히 앉았다
한참 동안 아무 말도 하지 않았다.
나도 천천히 고개를 숙이고
형 옆에 나란히 앉았다
나는 방금 한 질문을 잊어버리고
형도 해야 할 대답을 잊어버리고
나는 잠깐
형의 팔베개에 머리를 누이고
오랫동안 하늘을
하늘의 구름을
보고 싶다고 생각했다.
푸조나무 아래서

다시
내가 고개를 들었을 때

푸조나무의 한세상이
잠깐 왔다 갔다.

# 엉겅퀴


참 어디서나 흔한 아이
키는 멀대같이 자랐어도
까까머리에 마른버짐 자국이 환한
열둘이나 열셋
방천둑에 서면 벅수 같고
성황당 곁에 서면 장승 같아서
수풀에 가려진 키 작은 풀꽃처럼
쉽게 눈에 잘 띄지 않는 아이
탱자울 근처 탱자꽃같이 너무 흔해서
없어도 늘 그곳에 있는 것 같고
있어도 없는 것 같아
여름날의 정자 그늘 매미 소리같이
울음을 시작할 때도 징징거리고
울음이 다 끝나도 징징거리는
까까머리에 환한 마른버짐 자국
어쩌다 길 잘못 든 안국사 뒷산같이
초등학교 앨범을 펼치다
문득 만나는 어린 나나 내 짝지.

방금 빙긋 웃었다.

## 머위

내가 처음 마음을 준 그 가시내
한쪽으로 조금 기운 담장 아래서
사금파리 접시와
소꿉놀이에 정신이 팔려
아무리 돌아보라고 돌아보라고
봄 햇살로 채근을 해도
한나절 내내 그러고 있던 그 가시내
어쩌다 내가 말을 걸어도
아무 대꾸도 없이
빤히 얼굴만 쳐다보던 그 가시내
여기 지금도 내 앞에 쪼그리고 있네
추적추적 비 내리는 담장 아래 쪼그리고 있네
다 찌그러진 우산을 반쯤 가리고
옹송그리고 쪼그리고 앉아 있네

뱀처럼 깜짝 똬리를 틀고
아직도 너?

# 물봉선화

나는 누님을
애인이라 부르는 못된 버릇이 있습니다만
그러고도 한참을 다가가지 못하는
구두 뒷굽 같은 경상도 사내
그래도 간혹
아침 거울같이 눈길이 가는 것을
나도 어쩔 수 없어 왼발
오른발 눈 맞추다 화들짝
수꿩같이 놀라 달아납니다.
나는 누님을 애인이라 부르는
못된 버릇을 가지고 있습니다만
산꿩이 꿩 꿩 우는 여름날에도
썩 하니 다가서지 못하고
땀을 뻘뻘 먼 산만 보는
나는 구두 뒷굽 같은 경상도 사내

어디 손수건 좀 줘 보실래요
잠시 손 내밀어 보는
저 속 깊은 그늘
꽃이 피어서

어쩌자고
어쩌자고.

## 모란에게

너를 생각하는 내 마음에는
늘 꿀벌이 잉잉거려
봄날의 이랑을 잘 건너다가도 뒤돌아보고
아주 아지랑이같이 잉잉거려 눈썹을 모아
아주 뚫어질 듯 눈에 힘 모아 바라보고
네가 저 멀리 간 뒤 아주 그 뒤에도
내 마음엔 아직 꿀벌들이 잉잉거려
저기 저 또 벌들이 몰려오는갑다
마음이 꽃향기로 온통
쏴— 하고
눈이 펄펄 내리는 겨울에도
저것이 아마 또 몰려오는 꿀벌이겠지
내 귀에는 잉잉거리는 날갯짓 소리로
이명이 울려 손을 올려 귓등을 휘 휘
저 눈들의 군무가 다 벌춤이겠지?
저 벌들의 날갯짓이겠지?
두 눈에 힘 모아 뚫어질 듯 바라보고
눈 덮인 산 위에서도 저 환한 꽃봉오리

이 잉잉거리는 소리

정말 나만 보는 거야?
나만 보이는 거야?

# 튀밥

누가 튀밥을 밥튀라 그랬다
아니 밥튀가 아니고 튀밥이라 그래도
자꾸 튀밥을 밥튀라 그랬다
밥튀가 아니고 튀밥이라 그래도
밥튀나 튀밥이나 같다고 그랬다
잠시 앞뒤를 바꿨지만
그게 그거라고 그랬다
야 튀밥은 튀밥이지 왜 튀밥이 밥튀냐고
앞뒤가 바뀌면 의미도 바뀌는 거라고
봐라 임신은 신임이 될 수 있지만
신임이 어째 임신이 되냐고 그래도
계속 튀밥을 밥튀라고 그랬다
에이 씨 무슨 말이 기러기처럼
앞으로 읽으나 뒤로 읽으나
훨훨 날아가는 거라면 몰라도
그게 그거라면 몰라도
그게 아니라고
나는 자꾸 튀밥은 튀밥이라 말하고
누구는 끝까지 튀밥을 밥튀라고 말했다
야야 그만둬라 그래 말해도

남북을 북남이라고 말할 수도 있다고
계속 우기는 밥튀.

야 문학이 학문이 된다고 해도
똥개는 그럼 뭐 개똥이냐
야 저기 개똥 간다야.

# 친절한 오독

해안식당에서
방금 갈치조림을 배불리 먹고 나오는데
꽃게, 멍게, 해삼, 소라
해산물 도매를 하는 진성상회 간판을
나는 진수성찬이라 잘못 읽었다.
순간 진성상회를 진수성찬이라 읽었다.
꽃게, 멍게, 해삼, 소라가
곧 진수성찬의 재료가 될 것이지만
아직 진수성찬이 되지 못한
꽃게, 멍게, 해삼, 소라가
너무 빨리 진수성찬이 되었다.
내 눈이 잘못 읽는 그 순간
내 생각은 너무 빨리 달려 나간 것이다.
오독은 눈이 아니라 생각에서 오는지
너무 빨리 달려간 생각에서 오는지
해안식당에서 방금
갈치조림을 배불리
먹고 나왔는데도
친절하게.

저기 오독이

문득으로 읽힌다.

# 자장면

알 수 없는 우리의 젊음 같은 것
부릉부릉 신속히 배달되기도 하지만
깜깜하게 그 속을 알 수 없는 것
번쩍번쩍 철가방에 담겨져 오지만
내놓고 보면 별 신통찮은 것
젊음의 허방 같은 것이어서
늘 후회를 하지만 쉽게 손이 가는 것
쫙 찢은 소독저로
서너 번만 슬슬 비비면
그래 금세 하루치의 양식으로 물들어
쉽게 눈부터 풍족해져서
실실 웃음기를 풀풀 날리게 되는 것
별다른 찬이 없어도 되고
냅킨으로 쓱 입만 닦으면
쉽게 이별할 수 있는 것
분명 우리 젊음같이 가벼운 것
꼭 절망 같은 것은 아니라 해도
전화기를 들었다 놓으면 오는 것
아주 깜깜하기도 하고
아주 배부르기도 한 것

그래서 당신과 나 같은 것
별 신통찮은 것.

# 마술사

그들은 늘 새로운 것을 보여 줬다.
어떤 날은 꽃을 내보였고
어떤 날은 만국기를 꺼내 보였다.
내가 꽃을 알아맞힐 때쯤이면 비둘기를 날려 보냈다.
그들은 신기하게 내 짐작을 벗어났다.
그래도 그들은 커다란 무대의 단역에 불과했다.
그래도 때로는 더 많은 박수를 받곤 했다.
그들은 늘 새로운 것을 원했다.
어른이 박수를 치면 아이들도 덩달아 박수를 쳤다.
어떤 날은 난쟁이로 나왔고
어떤 날은 꼽추로도 나왔다.
그래도 가장 아이들이 즐거워하는 것은 어릿광대였다.
붉고 푸른 화장이 즐거운 꽃밭인지
나비들같이 날개를 접었다 펴듯 박수를 쳤다.
그래도 그들은 늘 박수에 목말라 했다.
박수를 받고도 또 박수를 쳐 달라고 했다.
어떤 날은 꽃을 흔들었고
어떤 날은 만국기를 흔들었다.
그들은 늘 새로운 것을 보여 줬다
그들은 늘 새로운 박수를 원했다.

# 얼굴 마담들

그들은 얼굴을 바꾸는 것이 특기였다.
얼굴을 바꾸는 것이 직업이었다.
그들은 얼굴을 바꿀 때마다 박수를 받았다.
어떤 날은 빨간 얼굴로 박수를 받았고
어떤 날은 파란 얼굴로 박수를 받았다
그들이 얼굴을 바꾸는 것은 감쪽같았다.
감 씨 속의 감 쪽같이
감 쪽 속의 감 씨같이
그들은 얼굴을 바꾸었다.
그들이 바꾸고 내가 놀란 것처럼
놀란 내가 울렁거리는 만큼 그들은 더 감쪽같았다
빨간 얼굴로 박수를 받을 때도
파란 얼굴로 박수를 받을 때도
그들이 얼굴을 바꾸는 것은 감쪽같았다.
그들은 얼굴을 바꾸는 것이 특기였다.
그들은 얼굴을 바꿀 때마다 박수를 받았다.
그들은 기껏해야 무대의 한 단역이었으나
그래도 늘 그들은 얼굴을 바꾸었다.

# 카세트 가수

그는 물 위로 나온 인어였다.
목소리를 잃어버렸다.
그러나 그들은 늘 노래를 불렀다.
그들의 노래는 낡은 카세트에서 나왔다.
인어처럼 아름다운 목소리였다.
그를 인어로 만든 것은 마술사였다.
그들의 하체는 검은 타이어로 감싸져 있었다.
그러나 그들은 타이어처럼 질주하지 못했다.
타이어처럼 질주하지 못해도
사람들은 늘 놀래며 비켜 주었다.
그들은 늘 노래를 불렀다.
이미 노래를 잊은 지 오래되었지만
오래된 노래를 부르고 또 불렀다.
목소리를 잃어버렸지만 늘 노래를 불렀다.
그들의 노래는 카세트였다.
돌고 돌아 다시 같은 노래를 반복해 불렀다.
그들은 이미 잊은 노래를 부르고 또 불렀다.
이미 잊은 노래를 잊고 싶어서
이미 잊은 노래를 잊고 싶지 않아서
그들은 계속 헤엄치며 노래를 불렀다.

그들은 물 위로 나온 인어였다.

거품이 되기 직전 목소리를 잃은 인어였다.

# 새우

웅크리고 잠든 한 마리 새우
한때는 온 바다를 헤집고 다녔을 가장이었다가
한 손에 다 말아 쥐고 싶었을 수평선도 놓치고
등 웅크리고 잠든 새우

수염처럼 상징도 때론 빛바랜다

이제는 세상으로부터 새우 떼 밀리듯 밀려 나와
한때는 싸움에 나서는 갑옷이었을 딱딱한 등껍질만
옛 전장의 방패처럼 걸치고 잠든 새우
바다 냄새는커녕
시든 고추같이 쪼그라들어
젊은 한때 성난 파도였을 배를 감싸 안고
허리도 굽히고 머리도 굽히면서
웅크린다. 잠든 노숙자같이
누군가 덮어 준 이불마저 걷어차 버린
알종아리 새우 한 마리.

# 화양(花樣)


아름다운 영화 화양연화(花樣年華)를 정일근 시인은 화냥년
아, 라고 읽었다. 저, 아름다운 봄날이 화냥이라니? 그렇다.
나는 웃었다.

아, 아름다운 화양이여, 우리는 언제 저렇게 아름다운 화
양에 가닿나? 화양연화, 화양연화 노래하면 화냥년아, 화
냥년아 그렇게 들리지만, 이 좋은 봄날이 화양이면 어떻고
화냥이면 어떠랴.

무지개는 늘 가닿을 수 없는 곳에서 피고, 무릉도원은 늘
남모를 곳에 있다네. 가야 할 길을 버리고 가지 못할 길을
가는 사람아. 우리 웃자.

화양연화, 화양연화 노래하면 화냥년아, 화냥년아 그렇
게도 들리지만, 화양연화, 내 인생에 그렇게 아름다운 날
이 있었던가? 저기 내가 꾼 봄꿈 같을 화냥년아, 화냥년아,

해설

# 솔가지 물오른 풋가지로 가는 봄

김익균(문학평론가)

### 1.

　성선경은 1988년 『한국일보』 신춘문예에 시가 당선된 이래 뚜벅뚜벅 한길로 걸어온 시력 20여 년의 중진 시인이다. 『널뛰는 직녀에게』『옛사랑을 읽다』『서른 살의 박봉씨』『몽유도원을 사다』『모란으로 가는 길』『진경산수』 등 여섯 권의 시집을 상자하였으며, 『시선집 돌아갈 수 없는 숲』과 산문집 『뿔 달린 낙타를 타고』까지를 감안하면 한두 마디로 규정할 수 없는 광활한 시 세계를 거느리고 있는 것이다.

　성선경의 초기 시 세계는, 공동체의 미래에 대한 낙관적 전망에 투신하는 낭만적 파토스를 주조로 하던 1980년대의 기대지평을 대면하고 있으면서도, "가난도 행복(幸福)이 되는 걸까"(「가난한 날의 행복」)라고 자문하는 내성적 목소리를 통해 어머니와 아내의 일상에 가닿는 곡진한 마음으로 빼곡하다. 1990년대 이후 뒤집어지는 시대의 지평에도 불구

106

하고 시인은 낭만성이 거둬진 자리에서 "잔잔한 일상의 발바닥에 압정 하나 쿡 찌르며/ ―끝없이, 끝이 없어―/ 너절한 빨랫감들을 세탁기에 몰아넣으며/ 투정을 부리는 아내에게 눈을 흘기며" "지구본을 돌"(「시지프의 신화」)리는 견실한 시적 삶을 견지해 왔다. 이처럼 낭만성과 그 좌절이 갖는 균형 잡힌 긴장감을 밑바탕에 깔고 있는 성선경의 시 세계는 2000년대 이후 '박봉'에 시달리는 생활의 자리, '불혹'이라고 불리는 쓸쓸한 사십대의 세대 감각, 유토피아적 공간의 갈망 등을 유연하고 웅숭깊게 조명해 주는바 성선경의 시는 1980년대의 낭만성에도, 1990년대 이후의 일상성에도 조금은 비켜선 채 그 비켜선 자의 쓸쓸한 거리를 경험하게 하는 섬세한 언어 감각을 보여 주어 온 것이다. 성선경의 지난 시들을 떠올릴 때면 일상의 구체성과 그 너머의 세계에 대한 갈망이 낳는 부드러운 좌절감 앞에서 마음을 내려놓게 되곤 한다.

성선경의 일곱 번째 시집 『봄, 풋가지行』은 시인의 지나온 길을 되짚어 보기보다 나아갈 '시行'에 대한 기대 쪽으로 기울게 한다. 그러한 기대는 필자가 서 있는, 지금이라는 한정된 지평이 제한하면서도 열어 내는 시문학장의 현주소와도 무관하지 않을 것이다. 필자가 서 있는 지평이 전후 문학장이 형성되던 혼돈, 그 무정형의 활력에 가닿기 시작하면 어떤 머뭇거림이 일어난다. 이 경험은 필자에게는 일종의 환상 체험이기도 하지만 1960년, 한 갑자의 세월을 단위로 생각할 때 이 반복은 자연스러운 현상으로 납득된다.

60년 전에 김현승은 인생파와 「모던이즘」(1956)이라는 글을 쓰고 있었다. 한국전쟁 시기에 각 지역 문단은 피난 문인들을 흡수할 수 있었는데 그때 가장 성공적이었던 지역 중의 하나가 광주 문단이고 그 중심에는 김현승이 있었다. 김현승은 그 자신과 혼연일체로 서 있는 광주 문단의 힘으로 전후 복구 중인 서울 문단에 제 목소리를 낼 수 있었던 것이다. 아직은 '서울=중앙'이지 않았던 찰나의 순간에 나온 김현승이라는 '제3의 목소리'는 개별화된 인격의 목소리로만 여겨지지 않는다.

당대 문단에서 누구보다 이론적으로 명석한 입장을 갖고 있었던 김현승이기에 할 수 있는 발언이면서도 또한 '서울=중앙'이라는 당연 명제가 아직 명료하지 않던 균열의 시대를 체현한 목소리, 당대 주류를 지배했던 새로움이라는 담론에 대한 근본적인 질문—지금 새로운 세대의 소위 새롭다는 것들이 '낡은 세대'의 시에 비해 무엇이 새로우냐—은 세대론 중심의 담론 지형의 바깥에서 나올 수 있는 제3의 목소리였던 것이다. 김현승은 구체적으로 구세대인 인생파 유치환·서정주의 시와 신세대인 '모던이즘' 계열의 김규동의 시가 과연 본질적으로 다르냐고 묻는 동시에 서구 시의 최신 동향에 대한 개관을 시도한다. 주류 담론에 대한 해박함과 그 바깥에서 질문할 수 있는 고유한 위치 공간의 확보를 겸할 때 새로운 목소리가 출현 가능하다는 것을 시사하는 대목이다. 경남의 시인 성선경의 시 세계에 대한 기대는 물론 필자의 지평과 무관할 수 없는바 김규동의 새로움에 소재와 용어 이상의 것("시정신")이 있느냐고 묻는 김현승의 질문은 지금-여기에서도 나름의 방식으로 반복될 필요가 있다. 성선경의 시와 21세기에 운위되어 온 '다른 서정'에는 근본적인 차이가 있느냐고 말이다.

김현승은 "자연파" 혹은 "인생파의 렛텔"이 "불명예"일 이유가 없다고 하며 "현대의 위대한 시는, 필요에 따라서는 표면상의 현대적인 것보다도, 다시 말하면 시공을 초월한 곳에서 그 표현을 구할 수도 있을 것이다"라고 주장한다. 전후의 한국 시문학장의 형성기에 김현승이 바라본 모더니즘은 인생파보다 나을 것이 없는 채로("낡은 세대보다 앞선 것이 없다") "황무지화한 현대"의 "불안에 대한 추종과 반영의 역할"에 갇혀 있었다. 김현승은 그들에게 "창백한 주지성이나 환각성을 벗어나" "현대의 절망과 위기를 해결하여 나가는 내면적 건강성을 견지"해 달라는 요청을 한다. 이러한 김현승의 요청에 대해 응답이라도 하듯이 그 이듬해에 김수영은 비약적인 시적 성취를 과시하여 김현승과 한국시인협회 제1회 시인상(1957)을 두고 경쟁하게 된다. 시인협회는 김현승의 '양보'(?)라는 형식으로 김수영의 손을 들어 주게 되고 이 무렵부터 우리가 아는 그 김수영의 신화가 움트기 시작한 것이다. "김현승은 당시 상금이 있는 다른 문학상을 받기 위해 시협상을 포기한 것으로 알려져 있다.(시협상은 제정 이후 지금까지 상금이 없는 것을 중요한 특징으로 하고 있다)"[1]는 기록은 (김현승의 수상 거부 이유가 무엇이건 간에) 김현승이 한국시인협회의 제1회 시인상을 거부하고 제1회 전라남도 문화상 문학 부문 상을 수상했다는 사실 또한 환기시킨다. 전후 문학장 구성 과정은 서울을 중심으로 한 중앙 문단과 대등하게 서 있는 광주 문단의 자율성을 현행화하려는 김현승과 '인생파와 모더니즘'의 새로움에 대한 문제 제기로부터 분기해 나온 김수영을 한자리에 불러 모을 수 있는 조망점이다.

성선경의 시를 읽으며 김현승의 '유령'을 불러들이고 보니 과연 기시감이 곧 예감의 다른 면임을, 반복이 차이의 원천임을 알겠다. 60년 전 김현승이 대면한 지평이 지금—여기와 '다르게' 반복되고 있다면 그것은 낡은 세대와 새로운 세대의 차이를 넘어서는 본질적인 전회에 대한 기대가 싹트고 있다는 뜻이 아니겠는가. 그것은 낡은 세대와 신세대라는 이분법으로부터 비켜서 있는, 지역'들'과 중앙이라는 이분법의 새로운 도입에서 가능할 것이다. 차이라면 지역 문단의 활력이 서울 문단의 흡인력에 사그라들어 가는 과도기에 김현승이 중요한 역할을 하였던 것과 반대로 오늘날 서울 문단의 활력이 방향을 잃어 감에 따라 성선경 시인의 경우처럼 지역 문단에서 꾸준히 활동하던 시인들의 목소리가 희미하게나마 들려오기 시작하는 경향에서 찾을 수 있다. 반면 '서울=중심'이 갖는 자명성이 흔들리는 시기에 생기하는 균열들이 새로운 가능성을 낳는다는 점에서 반복의 의미는 문득 드러날 수 있을 것이다.

---

1 이수정, 「한국시인협회 50년의 역사」, 『한국시인협회 50년사』, 국학자료원, 2007, pp.34-35.

김현승이 섰던 그 자리에서 우리 각자는 '시의 새로움'이란 과연 어디에 있는지 물어야 할 시점이 아닐까.

21세기 들어 우리 시단은 자아라는 동일성의 가상이 깨어진 자리에 남겨진 주체성을 조명하는 데에 골몰해 왔다. 분열증적 주체나 광신에 대한 재평가가 이루어지고 퀴어니 부조리극이니 하는 것들이 시의 영역으로 끌어들여지곤 했다. 이러한 시적 경향을 타자성의 긍정이라는 말로 간단하게 처리할 수도 있겠다. 이와 관련해 인간은 자기 자신과의 이중적 관계 속에 처해 있는 존재라는 레비나스의 진단은 꽤 매력적인데 인간은 동일성인 동시에 탈출이라는 것이다. 섹슈얼리티를 통해서 인간의 근본적인 타자성은 이렇게 설명되기도 한다. "자기이고 싶은 욕구, 또 자기를 발견하고 싶고, 외적인 노폐물을 정화하고 싶은 욕구보다 더 멀고 더 깊고, 결정적인 꿈이 있다. 자기로부터 해방되고, 자기 자신으로 돌아가는 숙명으로부터 도망가고 싶은 꿈이다."(알렝 핑켈크로트)

시 쓰기를 통해 섹슈얼리티에 비견될 타자성이 생성된다는 발상은 이제 그리 낯설지 않다. 60년 전 김현승의 문제 제기에서 귀감이 되는 것은 자기 시대의 지평을 대면하는 시인들을 피상적으로 분류하는 일이 무모하다는 걸 지적한 점일 것이다. "현대시의 새로운 특징이란 반드시 표면상 현대의 생활을 취급하는 그곳에만 있어야 할 것은 아닐 것이다. 문제는 아무러한 소재를 선택하건, 현대와 여하한 관계에서 그 소재를 용해시키느냐에 있는 것이 아닐까 한다." 김

111

현승의 이런 태도는 자기 자신인 동시에 '탈출'이라는 이중적 관계를 갖는 존재의 타자성에 대한 섬세한 독해에 주목해 온 지금-여기의 시문학장에서도 소중한 덕목이다.

2.

『봄, 풋가지行』에 앞선 시집 『진경산수』(2011)에는 「진경산수」 연작이 시집의 절반 분량으로 실려 있다. 그런데 시집의 해설을 훑어보니 표제로 제시되고 있는 이 연작은 네 번째 시집 『몽유도원을 사다』에서부터 이어져 온 '청학재 시편'의 시들에 비해서 조명을 받지 못한 듯하다. 「진경산수」 연작은 "시인의 유년 세계의 인물들에 관한 이야기", "비교적 안정적으로 존재하는 과거적 세계를 구현"하는 시 연작이 "이미 닫혀 버린 문의 저편에 존재하는 과거적 시간임을 보여" 줌으로써 "무한을 향해 다가가는 유한의 운명처럼 영원한 진행형"이라고 대체로 설명되는바 개별 시편들의 체취는 낭만주의적 시의 전형으로 해소되고 있는 듯하다. "전통 서정이 비판에 직면하고 있는 이유"로 "세속적 삶과 길항하는 가운데에서 기원한 치열한 언어"를 갖추지 못하고 있다는 점을 들고 있는 해설자의 평가는 「인생파와 모던이즘」이 균열을 내고 싶어 했던 이분법적 담론의 어느 한쪽 편에서 발언하는 일이 우리 담론의 여전한 현실이라는 점을 확인시켜 주는 셈이다.

사실 개별 작품들의 세목으로 파고들어 가면 「진경산수」 연작을 "과거적 세계"라고 단정할 수 없으며 해설자 역시 마음만 먹으면 그 점을 쉽게 분석할 수 있었을 것이라고 생각하지만 핵심은 그럴 필요성을 느끼지 못하게 하는 담론 효과가 작동하고 있다는 사실일 것이다. 연작 혹은 시집의 제목인 '진경산수'는 18-19세기의 실제 경치를 사실적으로 표현하면서 한국적 화풍을 수립하려고 했던 경향을 부르는 말에서 온 것이라는 점을 굳이 강조하지 않더라도 '진경산수'라는 언표가 보편의 추상화된 언어가 아니라 실제 경치를 자기 눈으로 보고 그리려는 문제의식을 상기시킨다는 점은 자명하다. 이번 시집 『봄, 풋가지行』으로 이어지는 문제의식의 연원이 여기서부터 간취되는 것이다. 부연하자면 '과거적 세계'가 돌아갈 수 없는 세계이기 때문에 숭앙된다는 것이 낭만주의의 공리이기는 하지만 '돌아갈 수 없는' 세계를 그려 내는 예술적 실천을 통해 지금의 세계는 '부정적인 것'과 함께 머물 수 있게 된다는 점도 간과되어서는 안 된다. 시인은 지금-여기의 세계를 자신의 시적 실천 속에서 구성해 나가는 존재다. 부연하자면 독자 역시 시인이 구성해 낸 새로운 세계의 세목을 읽어 내려는 실천을 통해 지금-여기의 부정성과 함께할 수 있는 것이다.

　「진경산수」 시편'들'에 좀 더 가까이 접근할 때 전경화되는 것은 해학적 태도이다. 해학은 시적 주체가 대상과의 거리를 매우 가깝게 취하고 있다는 점에서 풍자와 예찬과 다르며, 주체에 갇혀 있지 않다는 점에서 반성과도 다르다.

근대시 담론은 숭고의 대상으로서 생활 세계를 압도하는 고급 예술과 생활 세계의 이름으로 추방되거나 지도를 받아야 하는 저급한 모방으로 양분되어 왔기에 시인의 내면에서 '시와 생활'은 불일치하는 것이었다. 그러다 보니 우리 시들의 어조는 대개 반성이나 예찬 혹은 날선 풍자에 가깝다. 이에 비해 '진경산수' 연작의 어조는 제 눈높이에서 본 세계에 대한 해학적 태도를 주조로 하고 있다.

해학이라는 키워드는 「진경산수」 시편을 읽을 때 특히 유용하지만 그 흔적은 『봄, 풋가지行』에서도 가령 "저 버들 꺾고 싶네/ 네 손모가지 부러질 게다 그래도/ 저 능청 휘늘어진 버들/ 꺾고 싶네. 가는 봄을 잡지도/ 못한다고 저 능수버들 휘늘어진 가지/ 꺾지 못하겠냐?"(「가는 봄을 붙잡으며」) 같은 시편을 통해 확인된다. 봄의 제유인 버들에게 투사되는 시적 자아의 욕망은 그것을 가로막는 타자의 목소리를 불러들이지만 이 만남은 근본적인 갈등을 야기하지 않는다. 성선경의 시적 자아는 타자와 만나 "함께 있되 거리를 두라./ 그래서 하늘 바람이 너희 사이에서 춤추게 하라"(칼릴 지브란)라는 잠언처럼 함께 춤추며 봄기운을 북돋우는 듯하다. 성선경의 시에 틈입하는 '내 거인 듯 내 거 아닌' 타자성은 건강한 섹슈얼리티로 가득 찬 봄의 정조를 낳는다.

도야를 지나 우천, 우천을 지나 중대, 중대를 지나 칠월, 칠월 지나 계팔, 계팔을 지나 미실, 미실을 지나 풋가지, 솔가지 물오른 풋가지 간다.

외로 굽어도 한 골짝, 우로 굽어도 한 골짝, 눈썹 고운 여
자를 데리고 첩첩산중.

여기도 한세상 숨어 있고, 저기도 한세상 숨어 있고, 고
사리 순이나 꺾으며 한세상 숨어 있고, 넌출넌출 실배암 기
어가듯 칡넝쿨 자라는 소나무 아래 장기판이나 놓고 여기도
한세상 저기도 한세상.

여기 장 받아라 초나라가 이겨도 한나절 한나라가 이겨
도 한나절.

눈썹 고운 여자랑 때늦은 점심상에 상추쌈이나 한입 불
쑥불쑥 움켜 넣으며 한세상 살았으면,

도야를 지나 우천, 우천을 지나 중대, 중대를 지나 칠월,
칠월 지나 계팔, 계팔을 지나 미실, 미실을 지나 풋가지, 솔
가지 물오른 풋가지 간다.

여기도 한 첩(妾)
저기도 한 첩(妾)
첩첩산중(妾妾山中) 풋가지 간다
솔잎같이 짙은 고운 눈썹 만나러 봄날 풋가지 간다.

　　　　　　　　　　　　　　　—「봄, 풋가지行」 전문

표제 시로 실린 위의 시는 일견 유토피아적인 세계상인 듯하지만 시인 자신의 경험적 공간으로도 보인다. 첫 행에 서부터 전경화되고 있는 지명들—도야, 우천, 중대, 칠월, 계팔, 미실, 풋가지는 자신의 '시적 거주(dichterisch wohnen)'를 증거하는 기표들이라고 할 수 있을까? 하이데거는 '거주함'을 언어의 시원적 말 건넴, 언어가 건네는 말에 대한 응답으로 이해함으로써 '시=거주=건축'이라는 존재론적 해석학을 제시했다. "시 지음은 거주하게 함으로서, 일종의 건축함이다." 하이데거에 따르면 본질적으로 거주하는 일에 실패할 때, 인간은 섬뜩한 것(das Unheimliche)에 붙잡힌다. 보편적이고 추상적인 공간은 우리가 태어난 각자의 장소로부터 얻어진 것이며 현대인들은 자신의 장소를 떠나와야 했기에 추상적인 공간을 다시 자신의 장소로 만드는 과제를 부여받는다. 시인은 돌아갈 수 없는 '먼 곳에 대한 그리움'을 노래하거나 추상적 공간을 지금-여기의 장소로 재탄생시켜야 하는 것이다. 때로 이 과제는 시인을 '저주받은 운명'에 빠뜨리기도 한다. 이에 비해 자신의 장소를 온전한 사랑으로 드러내려는 기획은 우리 시 담론에서 처음부터 미학의 주변부에 배치된다.(김수영의 사랑이 "금이 간 너의 얼굴"로 표상된다는 점을 떠올려 보라.) 그 근거는 '비화해적 가상'을 강조하는 서구적 근대 미학에서 대체로 발견할 수 있겠지만 지역 문단이 전후 문학장에서 차지하는 과소(寡少) 대표성 역시 이런 배치에 대한 반성적 사유를 가로막는 한 요인일 것이다. 김현승이 광주라는 지역 문단을 기반으로 당

116

대의 세대론적으로 전유되던 새로움의 논점을 '근본적인 새로움'으로 돌려놓는 제3의 목소리가 되었다는 점은 새삼 고심해 볼 지점이다.

성선경 시인의 고향은 경상남도 창녕군 고암면 억만리라고 하는데 시적 자아가 가는(行) 길을 검색해 보면 창녕군에 속한 창녕읍에서 고암면의 여러 장소들을 거쳐 이동 중인 듯하다. "외로 굽어도 한 골짝, 우로 굽어도 한 골짝, 눈썹 고운 여자를 데리고 첩첩산중"에서 보듯 시적 자아는 "눈썹 고운 여자를 데리고" 산길을 따라 걷는 듯하다. 시에는 별다른 정보가 없지만 창녕읍과 고암면의 경계로는 화왕산이 유명하다고 한다. 시인은 두 발로 성큼성큼 걸으며 발도장을 찍는 것마냥 도야, 우천, 중대, 칠월, 계팔, 미실, 풋가지라는 토속적인 지명(현재 행정 지명은 창녕읍, 고암면의 우천리, 중대리, 계상리, 감리에 속한다)을 불러 준다. 시적 자아가 불러 주는 지명의 낯섦은 그곳을 가로지르는 "첩첩산중"의 봄기운을 더욱 싱그럽게 만든다. "첩첩산중"에는 "여기도 한세상 숨어 있고, 저기도 한세상 숨어 있"으면서 한세상이 한나절로 구체화되고 상추쌈으로 한입 가득 충족되는 자족적인 충만함이 흘러넘친다. 성선경 시 특유의 해학은 첩첩산중을 첩(妾)으로 가득한 것으로 변용해 내고 봄날 풋가지는 에로티시즘의 공간으로 생성한다.

이 시에서 흥미로운 것은 시적 자아가 특별히 고대적인 특징을 과시하지도 않는다는 점이다. 이 첩첩산중(妾妾山中)은 '돌아갈 수 없는 세계(고향)'인지 시인이 살고 있는 동네

117

뒷산인지 쉽사리 판단하기 어렵다. 풋가지로 가는 여정은 일종의 환상 체험이라고 할 수 있다. 우리의 특정한 경험이 이미 주어져 있는 세계에서 가능한 일인지 여부를 알 수 없을 때 환상의 생산성이 작동한다. 그 순간 우리는 비로소 자유의지를 실현할 기회를 갖게 된다.

토도로프의 환상 개념을 시 장르로 가져와서 얘기하자면 텍스트에 제시된 단어 혹은 사건을 텍스트 밖의 다른 어떤 의미와 관련해서 읽는 것을 '우의적 읽기'라고 한다. 이와 달리 단어에 대한 단어(word for word), 즉 단어의 물질성 자체를 지각하며 텍스트를 읽는 것을 '시적 읽기'라고 한다. 텍스트를 시적으로 읽을 때 우리는 초자연적인 사건이나 낯선 이미지보다는 각운, 운율, 수사적 문체 등을 전경화하게 되는 한편 시를 우의적으로 읽는 동안 초자연적인 사건은 하나의 의미나 테마로 환원되고 만다. 이처럼 시적인 읽기나 우의적인 읽기는 텍스트의 초자연적인 사건을 아예 간과하게 만들거나 합리화하는 것이다. 시가 텍스트의 물질성 자체로 읽히거나 우의적 의미로 해소되는 동안 그 시는 환상을 생산하지 못한다. 토도로프가 일찍이 시가 환상을 생산하지 못한다고 단정했던 것은 시 장르 특유의 규칙이 야기하는 불모성을 포착했기 때문일 것이다. 성선경 시의 해학적 어조는 '시적 읽기'에 어떤 망설임을 기입한다는 점에서 생산적이다. 풋가지라는 지역명은 청간이라는 지역명과 병행해서 쓰일 수 있으며 청간이 풋가지일 수 있는 양가성 속에서 우리는 첩첩산중(환상)으로 들어선다. 그 망설임의 질과 양 그만큼이 독자의 흔들린 현실이며 근대성의 쇠우리(베버) 앞에서 한 걸음 더 나가라는 유혹이다. 이러한 경험은 동일성이자 탈출을 존재 양식으로 삼고 있는 근대적 인간을 배제하지 않는다. 김현 승이라면 이러한 첩첩산중으로 들어서는 경험이 21세기의 '다른 서정'과 근본적으로 다르냐고 다시 한번 물을 것이다.

여기 복사꽃이 폈구나.
잠깐 앉았다 가자
잠시 날개를 접으면
벌, 나비만 봄이겠냐?
여기 복사꽃이 폈구나.
잠시 자리를 잡자
해는 중천에 밝았고
꽃은 거울같이 화창하니
봄빛 푸르르 오는 것이
다 청산 아니냐?
봄볕에 꽃 또한 붉으니
술 한 잔 없어도
그래 도원(桃園) 아니냐?
나비는 꽃을 찾고
꽃이 붉어 저녁을 맞으면
하늘은 별들을 불러 모아
달은 또 산을 넘겠지?
잠깐 앉았다 가자

나도 복사꽃이 폈구나.

그래서 도원 아니냐?

— 「복숭아밭에서」 전문


「봄, 풋가지行」이 길을 따라 걸으며 느낄 수 있는 봄기운
을 흥얼거리는 리듬에 기대고 있다면 「복숭아밭에서」는 "잠
시 자리를 잡"고 마음을 풀어 놓은 채 부르는 봄노래일 것
이다. "도원(桃園)"이라는 기표는 자동적으로 유토피아를 연
상시킨다. 유토피아 체험을 감히 노래할 수 있다는 것은 한
편으로는 축복이지만 다른 한편으로는 현대문학 담론의 위
상학 속에서 매우 빈곤한 자리를 배정받기로 하는 것이다.
물론 예외적인 도약은 가능하다. 그럼에도 불구하고 위상
학 자체는 부정되지 않는다. 위상학 자체가 바뀌기 위해서
는 성선경 시인의 노력뿐만이 아니라 한 갑자의 시간 축 변
화에 감응하는 지평의 재구성이 이루어져야 할 것이다. 「복
숭아밭에서」 "잠시 날개를 접으면/ 벌, 나비만 봄이겠냐?"
라는 시행에서 시적 자아는 벌, 나비와 혼동되고 마침내
"잠깐 앉았다 가자/ 나도 복사꽃이 폈구나. / 그래서 도원 아
니냐?"고 하여 자기 자신을 도원과 혼동하는 제유의 상상력
을 드러낸다. 「봄, 풋가지行」의 독자가 "잠시 자리를 잡"은
"도원"에서 유토피아 지향의 관습적 상징을 읽는 데서 더 나
아가지 못하는 담론 공간에서는 이 시편들에 고유한 혼동의
질감이 향유될 수 없을지도 모른다. 하지만 "화양연화, 화
양연화 노래하면 화냥년아, 화냥년아 그렇게도 들리지만,

화양연화, 내 인생에 그렇게 아름다운 날이 있었던가? 저기 내가 꾼 봄꿈 같을 화냥년아, 화냥년아"(「화양(花樣)」)에서 보듯 '화양연화/화냥년아'의 짝패 이미지는 혼동에서 불길함을 느끼는 서양 미신(근대시 전통이 이 불길함을 불온함으로 개량했다고 하더라도)을 건강한 섹슈얼리티의 향유로 변용해 내는 힘을 차마 감추지 못한다. 근대의 여명도 지나온 지 한참이라, "해는 중천에 밝았고/ 꽃은 거울같이 화창하"지 않은가. 자 우리는 우리의 태평가를 부르자.

갑남(甲男)이 욕탕을 나와
타월을 들고 머리를 털며 말했다
같은 값이면 목욕이야
체중계에서 내려와
초동(樵童)이 발을 닦으며
말을 받았다. 사람들이 참
욕탕에 들 땐 샤워부터 먼저 해야지
꼭 나오면서 해!
장삼(張三)이 캔을 따며 말했다
나는 타월을 한 번에 꼭 두 개씩 써!
이사(李四)는 선풍기 앞에서 말했다.
정말 나는 이 시간이 제일 좋아!
머리를 말리다 말고 돌아서서 말했다.
갑남과 초동과
장삼과 이사가

각자 옷장 앞에 서서 옷을 입다가

같이 함께 말했다.

우리 뭐 먹을까?

이발사가 가위를 들고 힐끗 돌아보았다.

봄이었다.

— 「기수욕기(沂水浴記)」 전문